개다운 하루

~~우리 집에 천사가 살아요.~~

나나용 옮김

세실 알딘 그림

개다운 하루

초판 1쇄 발행 2024년 2월 28일
ISBN 979-11-982752-4-0

펴낸이 서용재 펴낸곳 나나용북스
출판등록 제2023-000070호 만든이 서용재
전자우편 nanayongbooks@gmail.com
인스타그램 @nanayongbooks
네이버 스마트스토어 https://smartstore.naver.com/nanayongbooks

일러두기

1) 이 책은 자유 이용 저작물 <<A Dog Day; or, The Angel in the House>>(R. H. Russel, 1902)를 저본으로 삼아 번역하였습니다.

2) 외래어 표기법은 국립국어원 외래어 표기법을 최대한 반영하였습니다.

글쓴이 월터 에마뉴엘은 풍자 문학의 저명한 영국 저자였습니다. 웃음을 주는 글을 쓰기 위해 5년간 종사하였던 사무 변호사 직업을 포기하고, 익살스러운 글들이 출간되는 영국의 대표 유머 잡지 <<Punch>> 등의 칼럼니스트로 활동하였습니다. 그의 의인화된 강아지 주인공은 폭발적인 인기를 끌었고 <<개다운 하루>>는 월터 에마뉴엘의 가장 저명한 출판물입니다.

삽화가 세실 알딘은 영국의 미술가 및 삽화가였으며, 주로 동물, 스포츠 그리고 시골 풍경 그림을 그렸습니다.

옮긴이 나나용은 아프리카 가나 재외국민으로 평생을 살다가 미국 보스턴에서 대학을 졸업했습니다. 작가 그리고 나나용북스 독립출판사의 대표로 활동 중이며, 저서로는 <<엎지른 물이 내 마음에 담긴다>>와 <<나도 별이 되겠지>>가 있습니다.

옮긴이의 말

안녕하세요. 옮긴이 나나용이에요.

<<개다운 하루>>의 원본 책인 <<A Dog Day>>가 처음 1902년도에 발매되었을 당시, 우리의 주인공 강아지는 많은 영국인들에게 웃음을 주었다고 합니다. 역시 예나 지금이나 재치 있는 사람— 아니, 강아지들이 인기가 좋은가 봅니다.

영미권 영화나 드라마를 보면 주인공이 벼랑 끝까지 몰린 상황이 자주 등장하는데요. 절망적인 상황 속에서도 농담하며 유머를 자아내는 문화를 흔히 엿볼 수 있습니다. 속뜻을 알아야만 웃음이 나오는, 이와 같은 재치 있는 유머를 풍자(satire)라고 하지요. <<개다운 하루>> 역시 영미권 문화의 특징적인 풍자로 가득합니다.

마냥 귀여워 보이기만 하는 우리 집, 옆집 강아지.

그런데... 알고 보니 순진하지만은 않다는 걸 알고 계시는가요?

<<개다운 하루>>가 보여주는 강아지들의 잔머리는

너무나도 기막히게 어이없고 귀엽네요.

멍멍아, 너는 도대체 무슨 생각을 하고 사는 거니?

오전 7시 00분

어제 잠을 설치는 바람에 일어나보니 평소보다 많이 찌뿌둥하네. 기지개를 켤 힘도 거의 없는 듯.

한밤중에 웬 모르는 아저씨가 주방 창문 틈으로 집에 들어왔거든. 가방을 들고, 정말 조용히. 난 아저씨한테 바로 애교를 부렸지. 아저씨가 나에게 잘해주길래, 나도 잘해줬어. 게다가 아저씨가 내게는 안 닿던 고깃덩어리를 내려줬단 말이야.

내가 거기에 정신 팔린 사이에 아저씨가 반짝이는 것들을

엄청나게 많이 가져와서 자기 가방에 넣었어. 그리고는

(이제 나쁜 놈인 걸 알았지만) 그 아저씨가 도로 나가던

중에 실수로 내 발가락을 밟아서 내가 비명을 질렀지.

내가 아저씨를 힘껏 물었고, 아저씨는 가방도 놓친 채 다시

창문 사이로 발 빠르게 나갔어.

내가 비명을 질렀으니 온 식구가 잠에서 깼지.

우리 집 브라운 아저씨가 먼저 나타나서 바로 반짝이는 게 든 가방을 발견했어. 그러고는 내가 집을 구했다며 끝도 없이 요란을 피웠어.

그래, 나는 영웅이야.

나중에는 아가씨가 내려와서 나를 예뻐하고, 쓰다듬고, 뽀뽀하고, 심지어는 목에 분홍색 리본 쪼가리를 묶어서 나를 우스꽝스럽게 만들었어.

아니 말 좀 해줘 봐. 도대체 리본이 무슨 쓸모가 있는 건데?

세상에서 제일 불쾌한 맛이 나던데 말이지.

오전 8시 30분

아침 식사를 하기가 어려웠음. 식욕이 참 없네.

오전 8시 35분

새끼 고양이들의 밥을 해치움.

오전 8시 36분

(새끼 고양이들의 엄마인) 고양이와의 접전.

그러나 내가 금방 자리를 뜸. 그 겁보는 절대로 정정당당하게

싸우지 않고 발톱을 쓴단 말이지.

오전 9시 00분

도우미 아줌마가 씻겨줌.

정말 지긋지긋하다니까. 욕조에 담겨서는, 구린내 나는 비눗물로 입, 꼬리, 그리고 온몸이 문질러지지. 그리고 이 모든 시간 동안 그 혐오스러운 고양이는 특유의 젠장맞을, 우수에 찬 눈빛으로 나를 쳐다보며 조롱하지. 하여튼 그 뻔순이는 어찌 그렇게 자기 분수를 그렇게 모르는지. 걔는 자기 몸도 스스로 닦아야 하잖아.

나는 날 씻겨주기 위한 식모를 둔다고.

그렇지만서도 가끔은 내가 검은색 강아지였으면 좋았을 것 같기도 해. 걔네는 청결을 훨씬 오래 유지하니깐. 내 흰털을 만지는 손은 모두 손자국을 남기지. 이 집 주방장이 쓰다듬고 나면 아주 봐줄 만하다니까?

오전 9시 30분

씻긴 내 몸을 가족에게 자랑함.

모두가 나에게 매우 잘해줌. 그리고 내 등장에 엄청나게 열광함. 도둑 사건으로 칭찬을 엄청나게 받는군. 개중에서 내가 제일 좋아하는 아가씨가 특히 열심이네. 내게 뽀뽀하고 또 하고, 날 "착하고 깨끗한, 용감한, 향기롭고 귀여운 강아지"라고 불렀지.

오전 9시 40분

집에 손님이 들어오는 사이에 정원으로 뛰어 나가서 진흙탕으로 첨벙 들어가, 즐겁게 구르며 놀았어. 이제야 내 본 모습으로 돌아오는 것 같네.

오전 9시 45분

다시 가족을 방문함.

진흙을 뒤집어쓴 날 보고는 모두 공포에 질린 듯 비명을 질렀지.

그러나 나는 (그 남자 덕분에!) 영웅이니까 오늘만큼은

혼내지 말자고 모두가 동의했어. 이모는 반대했지만 말이야.

어떤 이유인지는 모르겠지만, 그 여편네는 늘 나를 적대하지.

고양이에게는 뭐든지 다 해주면서 말이야. 날 "지독한

놈"이라며 어처구니없는 비판을 했지.

오전 9시 50분

기가 막힌 생각이다!

위층으로 급히 올라가서 늙은 도우미 아줌마의 침대 위에

뒹굴고 또 뒹굴기.

아직 진흙이 안 말라서 천만다행!

오전 10시 00분
~
오전 10시 15분

꼬리를 흔들었음.

오전 10시 16분

아래층에 있는 주방을 방문함.

주방장이 정치 뉴스에 정신 팔린 사이에 나는 갈빗살을 가지고 놀며 한 입씩 크게 베어 먹었지. 주방장은 정치 뉴스를 보면서 화가 났는지, 날 보지도 못하고 계속 고기를 구움.

오전 10시 20분

~

...?

깜빡

좋았음.

오후 1시 15분

새끼 고양이들의 점심을 맛봄.

오후 1시 20분

그 괴물 같은 고양이에게 또 습격당함.

내 뒷다리를 할퀴어서 내가 싸우기를 그만뒀지.

메모:

새끼 고양이들에게 대신 화풀이하기.

오후 1시 25분

식탁을 방문함.

가족은 아직 점심 식사 중임. 도련님이 던진 빵 조각이 내 주둥이를 쳤음. 모욕적이군. 난 그 모욕을 집어 삼켰지. 그러고는 아가씨에게 가서 나만의 애원하는 눈빛으로 바라봄. 거봐, 못 참는다니까. 아가씨는 내게 푸딩 한 조각을 줬어. 이모가 그러지 말라고 했지만, 당돌하게도 아가씨는 본인이나 잘하시라고 대답함. 나는 아가씨가 갈수록 존경스럽다니까.

오후 1시 30분

웬 떡?

기름기 흐르는 생선이 통으로 바닥에 떨어졌어. 눈 깜짝할

사이에 내가 이미 허겁지겁 해치움.

오후 1시 32분

아랫배에 알 수 없는 통증을 발견함.

오후 1시 33분

통증이 더 심해짐.

오후 1시 34분

죽을 것 같이 메스꺼움.

오후 1시 35분

이모 방으로 뛰어가서 토함.

오후 1시 37분

좀 나음.

잘하면 살아남을지도.

오후 1시 40분

거의 다 나은 듯.

오후 1시 41분

다시 좋아짐.

다행이다! 이번에는 정말 죽을 뻔했다. 인간들은 저런 걸 아무렇게나 방치해도 되는 건지, 나 원 참.

오후 1시 42분

위층 거실로 향함.

내가 얼마나 건강해졌는지 보여주기 위해서 최고 속력으로 방을 돌고 또 돎. 꼬리로 방향 조절은 덤.

마무리로 소파에서 편안하게 자는 아저씨의 뱃살 위에 두 번 뛰어오름.

아저씨는 엄청나게 화를 내며 잠에서 깼고, 내가 생전 들어보지 못한 단어들을 사용함. 심지어는 (당연한 이야기이지만) 아가씨조차 내가 말썽꾸러기라며 꾸짖었지. 그 늙은 아저씨는 내가 혼나야 한다며 고집을 부렸고, 아가씨보고 나를 맴매하라고 시켰어. 아가씨가 열심히 도둑 사건을 운운했지만, 전혀 소용이 없었음. 그 노인네의 착한 마음은 이미 이 세상을 떠났나 봄.

어쩔 수 없이 브라운 아가씨가 나를 맴매함.

좋네. 아주 참을 만해. 쓰다듬어 줄 때랑 똑같다. 하지만

(당연히) 나는 비명을 지르면서 무서운 척 아픈 연기를 하고,

'슬픈 눈' 장사를 했지. 그걸 보고는 아가씨가 곧 맴매를

그만하고 옆방으로 날 데려가서 내게 간식을 여섯 개나 줌!

수지타산이 맞는군.

항상 이렇게 해야겠어. 나를 내버려 두기 전에 아가씨는 내게 뽀뽀하면서, 내가 불쌍한 자기 아빠 위에 올라타지 말았어야 한다고 함. 그 아저씨가 도시에서 내 음식값을 벌어오는 사람이라나.

일리가 있군. 역시 착한 친구야.

오후 2시 00분
~
오후 3시 15분

작은 방에 있는 양털 카펫을 죽이려고 시도함.

소용이 없군.

오후 3시 15분
~
오후 3시 45분

삐짐.

오후 3시 46분

땅콩만 한 도련님이 들어와서는 나를 쓰다듬음.

난 확 깨물려고 했지. 나는 그 어느 누구의 장난감이

아니라고!

오후 3시 47분 ~ 오후 4시 00분

카펫을 죽이려고 두 번째로 시도함.

이번에는 성공했을 텐데, 그 마녀 같은 이모가 들어와서 방해했음. 난 아무 말도 안 했지만, 언젠가 복수할 테니 어디 두고 보자는 눈빛을 쏘아줬지. 아무래도 이해한 것 같음.

오후 4시 00분

~

오후 5시 15분

잤음.

오후 5시 15분

뭐가 있는지 갑자기 간지러워서 꺴음.

오후 5시 20분
~
오후 5시 30분

도로 잤음.

오후 5시 30분

또 간지러워서 깼음.

한 마리 잡았다.

오후 5시 30분
~
오후 6시 00분

앵무새를 놀리려고 잡아먹을 듯이 쳐다봄.

오후 6시 00분

주방 식구들을 방문함. 뼈를 몇 개 빠갬.

오후 6시 15분

주방 밖에 복도에서 새끼 고양이 한 마리를 사냥함. 다른 새끼 겁쟁이들은 도망감.

오후 6시 20분

고양이에게서 쥐가 도망가게 도와줌.

운수가 좋군.

오후 6시 30분

위층으로 올라가서, 복도를 지남.

박 씨네 아줌마의 방이 나를 부르는군. 들어감.

처음 들어와 봄. 근데 별거 없네. 모자에 달린 꽃 몇 송이를

먹어봤음. 맛이 끔찍하군.

다음은 아가씨의 방이군.

내가 들어갈 때만 해도 참 잘 정리되어 있었단 말이야. 거기서

"고급 수제 과자"라고 적힌 상자를 발견함. 나쁘지 않네.

방이 참 예뻐.

고급 수제
과자

오후 7시 00분

저녁 먹으러 다시 내려감.

다 먹긴 했는데, 별로 열정적이진 않았음. 오늘 왜 이렇게 식욕이 없는지.

오후 7시 15분

새끼 고양이들의 저녁을 먹음.

그런데 생선 좀 그만 줬으면 좋겠네. 토할 정도로 지긋지긋함.

오후 7시 16분

정원에서 토함.

오후 7시 25분

이상하게 무기력해졌음.

내 모든 진취성을 잃은 듯한 느낌이라 이제 좀 조용히

살아보려는 생각에 주방 난로 앞에 누움. 가끔은 내가 더

이상 예전의 내가 아니라는 생각이 든다니까.

오후 8시 00분

야호! 식욕이 돌아오는 것 같음.

오후 8시 이분

배고파 죽을 지경임.

오후 8시 02분

내가 지금까지 맛본 술 중에 가장 괜찮은 걸 찾았음.

오후 8시 05분

주방 바닥을 킁킁거렸음.

양파 조금, 거북이 모양의 자개 머리핀,

(거의 통) 새우 한 마리, 끔찍할 정도로 오래된 빵 한 조각,

그리고 요리용 면실 10센티 정도.

숯 다음으로는 면실이 제일 내 취향인 것 같음.

가족들이 내가 이것저것 숨겨놓는다는 걸 발견했었음.

저번에는 도련님이 내가 항상 입에 실을 물고 다니는 것 같으니, 날 반짇고리로 쓰자고 농담했지. 물론 웃을 일은 아니지만. 그래도, 걔는 참 유쾌하다니까.

오후 8시 30분

남에게만 의지하고 살았다가는 굶어 죽겠어.

다행히 시럽 뿌린 푸딩을 발견해서 내가 먼저 맛봤음. 시럽만 핥아먹고, 나머지는 가족들 먹으라고 남김. 최고네.

오후 8시 40분

다시 주방으로 갔음.

난로 앞에 앉아서 시럽이 뭔지도 모르는 척을 했음. 그런데 그 사악한 고양이가 와서는 계속 그 특유의 잘난척하는 표정으로 날 돌아봤음. 아마도 다 아는 듯함. 달려들었음. 자기는 뭐가 잘났다고 나에게 그러는 거야? 나 반만 한 게, 하는 것도 없으면서. 그 우월감을 없애버려야 해. 그 고양이 자체를 없애버려야 해.

보는 것만으로도 열받아서, 걔가 등을 돌리자마자 내가

달려들어서 물었지. 그 영리한 고양이가 꼬리를 흔들며

좋아하는 척을 하길래, 내가 다시 한번 더 달려들었어.

그랬더니 걔가 나를 공격하면서 내 손바닥을 할퀴어서 피를 보게 했지. 나는 아픔에 엉엉 소리를 질렀어. 그러자 아가씨가 급히 내려와서는 내게 뽀뽀하고, 고양이에게 말썽꾸러기라고 혼을 냈어. (나였으면 반쯤 죽여놨을 거야.) 아가씨가 내게 간식도 좀 주고 피가 멈추도록 빵을 물에 적셔서 내 손바닥에 감싸줬어(딱딱한 빵을 물에 적신 후, 상처에 감싸 피를 멈추게 하는 영국의 민간요법 – 옮긴이). 정말이지, 역시 아가씨는 날 사랑한다니까!

오후 9시 00분

빵을 먹음.

오후 9시 15분

졸리기 시작했음.

오후 9시 15분

~

오후 10시 00분

졸았음.

오후 10시 00분

개집으로 데려가 줌.

오후 10시 15분

불이 꺼짐.

오늘도 정말 재미없고 지루한 하루가 지났군.